陸生植物

潘之韻　著

陸生植物

九億歲生日那天
我終於爬到你的岸邊
背著初一的，月光
彎成一把鐮刀
（我本打算用以耕作腳下的沙土）

皎潔到透明能讓你看清我嗎
你丟下兩顆燒紅的眼球，奔向海的另一端

我成了你課本裡會發光的怪獸
每句情話都在怒吼

我只好在陸地站穩
每條根鬚還在堅實地等
直到長成一株植物
——你說那是和我的戰爭

《野薑花詩集》第廿二期

在瑰麗的島上，我撿了許多月光取暖，它們發出從未有過的光亮。

如今大多業已被晚風吹得涼透了。

我便逐漸學會為自己織就一層一層的薄衫，抵禦一夜一夜的冷。

我以為，我已不再畏寒，我以為。

我把打著寒顫的言語記錄下來，一些或私隱，或普世的殘片，藏在詩裡，半遮半掩。

這是一個身分敏感的異鄉人的故事，也是一個再平凡不過的普通人日常的愛與痛。

這些，我都埋在這座土地上，期望來年，它長出根鬚，開出好看的花。

目次
contents

輯二　綠蘿

輯三 仙人掌

輯一

梨花

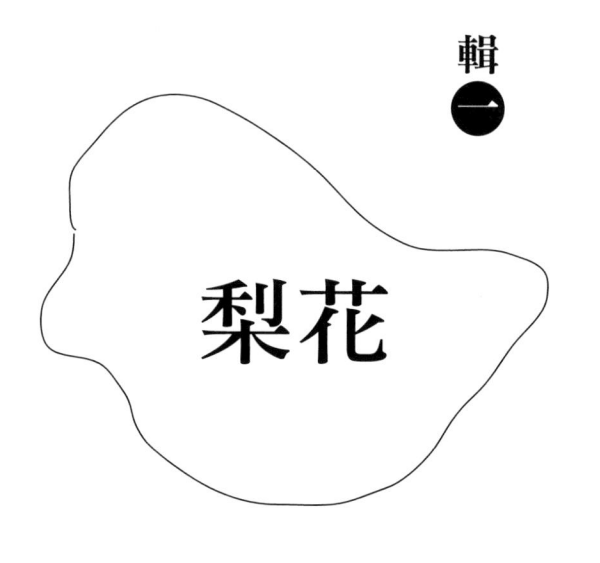

你夢裡的事

銀杏是
夜空的喜鵲
悄悄綿延到你的耳邊
每一縷葉脈都在發光的想念

剝落馬賽克
堅硬的紅

化作玫瑰駛向大海
女媧補九次天
素色裙擺許久未能包裹你的呼吸
便破碎成螢火蟲
跋涉到你說情話的祭台

群星沉默
風成了我的坐騎
壓壓壓聲
沿路煙花闔上花瓣躲進銀河另一端的烏雲中
玉兔耳朵染成粉紅色

你睜開雙眼
我被清晨的陽光
掃盡不見

《吹鼓吹詩論壇》第卅期

茶涼

客廳裡，水煮開後，水面上兩顆眼球快速跳躍。你說，八〇度最適合泡茶。
但是，我渴。把茶葉和舌頭都燙過頭。
我捂著舌頭，你嘆息著茶葉。窗外的風把茶吹涼了。
廚房裡，全自動咖啡機做好了熱美式。隨喝隨取，保溫。

詮釋學

愛是盲目的
我在路邊隨意丟下的果殼
千萬年後長成大樹
每一縷纖維都是情書褪色後留下
過度
用力的筆劃

雌黃塗抹久遠的呢喃後
時間流過身體
溶解無法復原的親吻
將那一刻蒼白留給我
攀在哈哈鏡上笑

塞滿宇宙的自白以過高頻率被略過
每個人都在廢話
當切成碎片的真理
如隕石自某方位竄入
你的影子是否下意識擋住所有光亮
而後與謊言一同隕滅

躲在夾縫中看蠹蟲把故事嚼爛
我依然是失語者，在黑暗中
獨自枕著
萬
籟

回不去了

從不曾枯萎只是偶爾出走或集會
白菊開在藍色的仰望裡
深埋
每顆星星被凝成的故事以及每一滴淚的去向

把肋骨丟進最深的地窖
卻經歷春天的蟎夏天的蚊秋天的葉冬天的雪後被長成粉筆
直插天際

回不去了

鼻子吞下整個身體
收集煙雨裡所有的發霉的尼古丁研墨
書寫你的傳奇

三角

許願星不是相思豆
長九十九個孢子
填不進潮濕的黑眼圈

磨穿枕頭看不見炊煙在
宇宙邊緣
夢被情話鑿窟窿
裝兩個月亮決今日思念

《野薑花詩集》第十八期

加班過夜

笙簫冷清時
我的荒原已長出草莽
吞噬過度疲憊的手指
以及充沛的掙扎

或許睡眠從不成立
睏倦只是
歡愉中掉下一小顆黑色石子

落在地平線
那是終將到達的盡頭

追逐時間裡
藍色粒子咿啞著瑣碎
皺紋瑟縮在舞台中央
逃避聚光燈
或者什麼都沒有

不會愛誰老去的容顏
因為誰也不曾看見
褶皺堆滿誰的臉

答應世界
明天清晨被雪花覆蓋之後
做一個冰冷而年輕的人

《野薑花詩集》第廿八期

往事

一頭牛
站在巨大的食物上，反芻
玫瑰的荊棘，綻出一個個血泡
含淚望著天空

烏雲早已來過，或還沒來
憂愁始終暴露在陽光下
淌著水

宇宙物質的構成與千萬年前相當
歲月站在角落，提刀
　把一切打散，重組
只能撕下夕陽
黏在臉上，任憑魚尾紋越勒越緊

拿腳印下飯
滑進食道
等吃飽了
記得把來時的路縫上，假裝
從來都沒有路

塗正紅唇釉的女人

眼線糊成宿醉的黑眼圈
她說她不曾哭
是不絕的大雨把星球淹成連綿的汪洋
她說雙頰掉落每一片花瓣的氣色
才不是每夜嚎啕的雨聲

她說每個吻都是給世界的的祝福
她讓酒杯不再寂寞　讓菸不再冷　讓罌粟長勢驚人

她說
她是神

她親手
把卸妝水埋在墳前　在某個夢裡
燒成灰燼

她說她聽到
自己
在空氣震動中
死
去

寡婦

一頭梨花
開滿一屋二胡獨奏
堵住
所有門窗

無眠

——致8君

能施法的不是
紅衣
行走或靜止在嘀嗒的間隔
紫色的淚水已經湧出眼眶滑音即將開始高雄的火車在基隆站停穩
報站的機器打了個大哈欠車站被人潮走
一
步

分離和未相遇的潮濕洪水從同一個眼角湧出
被領結圍困 殲滅

從此
鼾聲 很慢
夢很長

《乾坤詩刊》第七十九期

不如不見

——致8君

長成一張舊照片後
你出現
把回憶推得好遠

四維觸覺

——致8君

地球終於老去，感謝
你忘記我
才敢用掉落的鬍鬚吻你
長滿皺紋的臉

我去廢墟
找仙人掌抱在懷裡

痛覺融在身體每個細胞外顯
你不會知道帶刺的香水是我走幾光年
捧到你窗前

做個好夢
閉眼
把我裝箱深埋地底

哪天地震
如果你想
請救援隊挖出我的影子
已經忘記所有哭泣的夜晚

你組裝的我
已把你的星球降低兩個維度
黏在視網膜

門

——初識8君的第十一年紀念日

我抓緊你，以奪回開合間的種種權利。一些情緒需要被安放，在房間裡釀酒，在凍人的月光下，飲下冷卻的夢。

邊框把歲月關進二維空間，上鎖，門外雞母雕刻親眼所見的故事，被扭曲成幻影的部分，被反覆觸摸的刻痕。

淚水溢出無法被泡發的文字，於是你可以準確定義自己，如何地存在，與存在過。你可以選擇直立的姿勢，站成一座豐碑之於無限延長的時間，或墳墓之於從未出生的嬰孩。

抓著門的我不知自己是否，還在門裡。
至於前程一切坎坷，或平順，都是你。

《野薑花雅集》第廿七期

倒流

報導說你踩著航道快飛到家了，好像大氣層也縫補完畢吧。我沒仔細聽，只是對天空哈氣，試圖擦洗遠古的污垢，全宇宙的中秋早已永久失憶。

折斷蓍草的那晚，路被馬蹄剖半。那之後的含羞草葉片都進化出鋸齒，吞噬一整個地質年的顫抖，仍在原處。

輯二

綠蘿

下午茶

——與□□

我調整到介於想在夢裡睡一覺與清醒之間的模式
喝一杯咖啡味蜜香紅茶
是到了亞特蘭提斯還是穆大陸了呢
也許要搭宇宙飛船先去黑洞被吃掉
全然地感受到指甲插進縫裡的感觸
剝光一地貓毛的泣聲
赤裸裸地躺在我面前的心情狠狠瞅著我的冷紅的唇齒

口紅丟到一邊
這個下午還是一無所有
或者滿地吻痕是杯延寂寞的血淚痛哭失聲
完全地肅穆

弦理論

公元前九世紀縫補完畢，月光
隔著薄膜踏破報紙頭版

吵醒宇宙
對天空哈氣的貓眼
只剩一隻
濕潤Ｆ大調藍色的泣聲
牛頓以Ｄ小調沉默作答

巴哈寫完平均律
忘拉小提琴
被琴弓縊死的帀當
肋骨卡在身體

所有節拍都在
放慢
直到時間
獨自書寫
空白

充滿智慧的夜晚

說文解字在鉆我的身體
暖和的棉被足以隔絕所有虛偽的文字
許慎正尋找我的腦子
鼾聲裡他迷路

失眠

西邊的羊耳跟緊打鼾的牧犬
東邊的水餃填滿罷工的腸胃

門

你可以隨意走進
或是離開
我的房子從來沒有門窗

書房

我的愛早已冰冷
躺在文字裡的夢長久而灰暗
冬眠中又一次醒來
蠕動的活物啃食我的身體
開始想念幾千年前的疼痛

日曆

我的生命被逐漸撕除
每個日子的斷裂都是一聲喪鐘

儲藏室

還在嚼著陳年舊事
陰影中
一雙雙眼睛溫暖光亮
嘆息埋在無法被清理的鴻溝沉睡
晨曦，在擁擠中站得筆直

廚房

這裡充滿死物
作為唯一活著的人
在咀嚼中
學習死去

臥室

想找工具把靈魂細細縫補
染上喜歡的顏色以及充滿稜角的乳香
即使童話無法安頓每一頁的孤獨
粉紅色抱枕依然擁抱著一個不吸水的人

紙巾

輕吻完你的心事
我脆弱的臉長滿皺紋

船票

不論紅燒肉如何把思念增重
大海總在擱淺家鄉的味蕾

在模糊中反覆揉搓

——第三次手術之前

燈亮起
眼球被反覆揉搓後終於脫下內衣
表演哭泣

我看不見你的手是怎樣擺弄我柔軟的光明
祂沒有清晰的輪廓
只是存在我眼前

年輕而脆弱地
存在

即使我忘卻
你打開的聚光燈是什麼顏色
我依然享受太陽

但——
請不要烤熟所有的淚水
神明想聽到懺悔和願望

鄉愁

我明白今晚
沾溼衣袖的不是月光

孤獨

濕度九〇%
九〇度牆角
負九〇度體溫

輯三

仙人掌

七夕前夜

藕粉色的裳早已丟進黃河被某個不重要的瀑布
擊成灰藍色的霧塗在唇上
誰還畫眉
肩上鍍金鏈子冷哼

機車提早轟鳴而過
通宵派對
注定錯過

申請忘記給王母
快把洞庭湖的水寫乾
一個大大的哈欠

厭倦也早已溢出快速攪拌的咖啡杯
明天的親吻，在鵲橋
各自想象別人的臉

十朋之龜

——讀《瑪麗皇后》

如果末班車沒開走
能不能把烏龜還給司機
散步回家
陪著你的還有月光
在郊外的野地裡狂歡

穿過沒被剪短燙彎的黑色長髮
向小說家道別
還有他的狗
在擁擠的 小小的書店
回收上下心的沉默下藏在手機裡的願望

你在一 步步回家
走向我的家
不斷墜落的瓦片被沒有星辰的夜空拾起
在風裡唱橘色和黑色的情歌把註滿誓詞的童話交回我手裡

母親初見
正用臍帶自縊的我剛卜得命運

佛洛伊德的情書

你那和我父親一樣的眼睛
是我到不了的，兩顆恆星
不能溫暖任何一個夜晚
我的宇宙自出生起就漆黑一片

我想和你做愛
所以我活著
我要跟你講三個主角的淫亂故事

愛從不是科學，不能計算長度
也不能把深度描述給你聽
世人讓我用實驗證明自己
我
不能

我只好做個夢，把祂割成
一片一片一片一片一片一片
把帶血的心捧來送你
每個稜角都藏著哭聲

你被嚇跑了也好
我沾滿血的手正在追
下一個你

D

抽菸合法，但要繳稅
自殺也是

她被發現已腐蟲滿地
沒人敢再將她的手牽起
她的絕望讓整棟公寓不好聞

警察開稅單貼在她手腕腐爛處
拍照
證據確鑿

欠費的屍體未曾移動
蛆為她埋葬，肉體

被肢解之後
繼續被喧囂扭動
寧靜只在灰燼之前
攀在她的骨

兩個世界

血
黑袍
所謂國境線
裹屍布的睡眠
酸味阿拉比卡咖啡豆
信義區四十八樓茶水間的水管
胃酸翻滾，距離堤壩警戒水位還遠
最後一道閃電炸開月球大動脈

精心醞釀一場沒級數的海嘯
裹進報紙丟進碎紙機過期
海豚游到太地町漁船邊
德黑蘭業務上升九%
去最好的料理店
最貴的鯨魚
在對岸
哭泣

邏輯

樹上有九千九百九十九片半的葉子
被孩子打下拼十三分之四個彩虹
於是今年乾旱
不是總統的錯

牛排要灑鞋油醬
沒有橡膠味的蔬菜是吸收不了的維他命C

於是被哄搶的鞋底
離開工業區

大饑荒謀殺一個貧困村
於是槍斃所有沒穿襪子的人
以正義之名

矛盾

哪本佛經教會我前世
灌溉一株菩提幼苗的清晨
避開一隻不會游泳的蟲子

菩薩

你祈禱
無欲無求的，那雙眼睛
拯救你誠懇的貪婪

長大

你拔除自己，唯一的刺
換一顆果實，小小的，澀澀的
長髮長成麥田，在冬天枯萎
被老農撿起，鋪在馬房
收集排泄

你獵一隻老虎
把臉黏在自己的頭骨

去市場兜售毛皮
用閱讀帳單的方式讀人的臉

你登上擺渡船，尋找目的地
仔細觀察兩岸燈火的亮度
身旁望遠鏡沾滿海港的腥臭

你說你的高度足以看見世界的盡頭
所有路都縫合完畢
　田野珍藏你的足跡
行走的姿勢你已忘記

你長成一個星球的龐然
軌道被萬物拉鋸後，孤獨空轉

在氫與氧的衝突中灼燒自己
所有恆星打著燈籠取悅你
你躲在暗處
閉上眼睛

第十九屆元智文學獎評審獎

我

高跟鞋不再
張愛玲
踏一路青石

板
布滿蝨子的旗袍被瘦光
「吃相弗好特難看額呀！」

磨刀石藏進盲腸
痛一次就棄
剃頭師傅葬禮上弄堂嚎成窄窄長長
「回伐起勒！」

沒擠上地鐵必被魚尾紋自縊而死
他們告訴我
慢慢來

尖叫雞

雞是假的
叫是假的
黃色的淒厲劃不破誰的笑聲

今晚西餐很好吃
蠟燭有木樨花香
服務生胸很美

遠處是燈火沒有更遠的遠處
有隻尖叫雞

鵬

妳已經忘記莊子的模樣
許久沒有親吻過昆侖
遮住的天空不是妳的神曲
祂早已退化成透明的脂肪
在枯黃的草堆，把夢忘記

妳總是縮在角落
等泥土長出食物，自然地

送到你潛到地底的饑餓裡
把身軀餵得肥而軟
好接住黑夜裡不斷落下的星星
模仿逆風的姿態
停在原處

你把哭聲送得很遠
好投下愉悅的種子
儘管祂，根扎得很淺
在輕鬆頻繁的勞作後
吹噓自己是個不得志的園丁
運氣都被風吹散了

你說你的翅膀被誰剪掉了
可祂一直懸在天上
陷在泥土裡的是你
不停的嘆息

一代

花成就院子
被爭奇鬥豔在柵欄引頸
眺望遠方
草原
傳說中 天堂的形象
風吹過每一張稚嫩的臉龐
高飛

盤旋
滑步

雷聲很輕
靈光不捨驚擾每個渴望自由的靈魂
雨水小心閃避每個舞蹈家
墮落，溝渠中惡臭襯它們不甘的臉

草原上
奶牛在反芻一隻花苞

人生四喜

1.久旱逢甘露

磨平石碑
鑿一串麥芽
飽嗝一聲：「紅豆吃完了」
風起
你答我前世青草味

2. 他鄉遇故知

眼裡沒有乾涸的龜裂
望我以村口的井水
想說：

3. 洞房花燭夜

每朵燈花是一顆花生
鋪滿喜床上嬰兒的哭聲
每夜
被硌得生疼

4. 金榜題名時

的盧跳不出井底的水聲
刻你名
斑駁的朝笏
埋進廢墟某處

去海上

被打梆聲磨穿的每片青石板上
佈滿虱子的紅色高跟鞋擺動遠處星辰
無法停頓

去海上吧
她搖頭
蒙上眼把海顛倒

走不贏時間的人要被魚尾紋縊死
催促她往前的是一張佈滿皺紋的臉
把巷子嚎成窄窄長長

《吹鼓吹詩論壇》第卅三期

死祭

——致3

你早已冰冷
今晚　雷無論如何也劈不死一個死人
是刻墓誌銘的時候了 我是說
雨夜很適合寫作
被反覆定義的石頭
和早已被磨平的故事

史學家要我蓋棺
留待日後定論
你的墳早已長滿雜草了
我總來你這　施肥
掩蓋不曾存在過的不在　不能算作缺席的缺席

我獲得了我的體面
我是說　我
被愛過也　愛過人
在同樣的雷雨裡　親吻過的嘴唇
依稀記得不是冷的

今晚
我沒有做噩夢

沒有翻找無法準確定義的故事
以及雷聲驚起一點灰塵發出的光
其實很微弱

我只是被雷劈醒
發現自己　還在活
以及終將繼續過下去的
生活

寫下一個「奠」字　在雨裡
不久　就化成「莫」
不久　就什麼也沒有
一如史書裡

曾活過的你　活過的我
從來　不曾活過

又致8君

如果獵殺每 一聲鳥語
你能不能來到我床邊
讓我把你稀疏的睫毛再次清點
熊抱紋在手臂
醒來就不會忘記

你的頭髮早就應該白了
髮際線必須上移幾釐米

皺紋只爬上我的身體
不公平

你看
我的臉已經縫上你最愛的毛皮
爪子嵌入手掌，舔去每一滴血
學著微笑，握手，制禮作樂

你又忘記帶佩劍了
我躺在紡紗針製成的床墊
等待百年的吻別

《野薑花詩集》第廿九期

BOD Books on Demand

語言文學類 PG2183 秀詩人61

陸生植物

作　　者 / 潘之韻
責任編輯 / 徐佑驊
圖文排版 / 周妤靜
封面設計 / 楊廣榕

發 行 人 / 宋政坤
法律顧問 / 毛國樑　律師
出版發行 / 秀威資訊科技股份有限公司
114台北市內湖區瑞光路76巷65號1樓
電話：+886-2-2796-3638　傳真：+886-2-2796-1377
http://www.showwe.com.tw
劃撥帳號 / 19563868　戶名：秀威資訊科技股份有限公司
讀者服務信箱：service@showwe.com.tw
展售門市 / 國家書店（松江門市）
104台北市中山區松江路209號1樓
電話：+886-2-2518-0207　傳真：+886-2-2518-0778
網路訂購 / 秀威網路書店：https://store.showwe.tw
國家網路書店：https://www.govbooks.com.tw

2019年7月　BOD一版
定價：220元

國家圖書館出版品預行編目

陸生植物 / 潘之韻著. -- 一版. -- 臺北市 : 秀威資訊科技, 2019.07
面； 公分. -- (語言文學類 ; PG2183)(秀詩人 ; 61)
BOD版
ISBN 978-986-326-710-2(平裝)

851.487　　　　108010780

讀者回函卡

感謝您購買本書，為提升服務品質，請填妥以下資料，將讀者回函卡直接寄回或傳真本公司，收到您的寶貴意見後，我們會收藏記錄及檢討，謝謝！

如您需要了解本公司最新出版書目、購書優惠或企劃活動，歡迎您上網查詢或下載相關資料：http:// www.showwe.com.tw

您購買的書名：________________________

出生日期：________年________月________日

學歷：□高中（含）以下　□大專　□研究所（含）以上

職業：□製造業　□金融業　□資訊業　□軍警　□傳播業　□自由業

□服務業　□公務員　□教職　□學生　□家管　□其它_____

購書地點：□網路書店　□實體書店　□書展　□郵購　□贈閱　□其他

您從何得知本書的消息？

□網路書店　□實體書店　□網路搜尋　□電子報　□書訊　□雜誌

□傳播媒體　□親友推薦　□網站推薦　□部落格　□其他__________

您對本書的評價：（請填代號　1.非常滿意　2.滿意　3.尚可　4.再改進）

封面設計____　版面編排____　內容____　文／譯筆____　價格____

讀完書後您覺得：

□很有收穫　□有收穫　□收穫不多　□沒收穫

對我們的建議：________________________

____

____

____

請貼
郵票

11466
台北市內湖區瑞光路 76 巷 65 號 1 樓
秀威資訊科技股份有限公司 收
BOD 數位出版事業部

（請沿線對折寄回，謝謝！）

姓　　名：＿＿＿＿＿＿＿＿　年齡：＿＿＿＿　性別：□女　□男

郵遞區號：□□□□□

地　　址：＿＿＿＿＿＿＿＿＿＿＿＿＿＿＿＿

聯絡電話：(日)＿＿＿＿＿＿＿＿(夜)＿＿＿＿＿＿＿＿

E-mail：＿＿＿＿＿＿＿＿＿＿＿＿＿＿＿＿